Vf 1918

LETTRE
D'UN COMEDIEN
DE
MNIGOUT,

Au sujet de la

CAPRICIEUSE RAISONNABLE,

Comédie en Vaudevilles,

Prête à representer à l'Opera Comique.

Le prix est de six sols.]

A PARIS,

Chez F. G. Merigot, Quay des Augustins.

———————————

M. DCC. XLII.

LETTRE

D'UN COMEDIEN

DE

MNIGOUT,

Au sujet de la CAPRICIEUSE
RAISONNABLE, *Comédie en
Vaudevilles, qui doit être re-
présentée à l'Opéra Comique
dans le mois de Septembre* 1742.

MY,

J'attens à tout moment l'heure
de mon départ pour aller à Paris
entendre la premiere Représen-

tation de votre Piéce, intitulée :
LA CAPRICIEUSE RAISONNA-
BLE. Quelle est donc la cause
de son retard ? Avez-vous en-
fanté quelque chose contre les
Mœurs, les Loix, la Probité,
ou la Religion ? En ce cas, je
vous blâme. Tacite nous ensei-
gne qu'il faut qu'un Politique
ait de la prudence. Foin de moi !
Je parle de politique à un Auteur, dont les productions &
les rêveries prétendent avoir un
champ libre pour paroître dans
le monde sous un voile de sé-
curité scandaleux, & dont les
préjugés doivent insinuer une
forte croyance pour s'établir
juste. O tems ! ô mœurs ! que
vous perdez aujourd'hui de ce
crédit qui vous faisoit admirer !
Autrefois un Auteur étoit sans
ostentation, il se soumettoit au
public & se corrigeoit sur ses

décisions ; mais aujourd'hui la suffisance lui sert de guide , & le produit par force dans la Societé de ces gens que le Phœbus éblouit , & qui , adulateurs de l'amphibologie , n'ont d'autre Loi que de priser ce qu'ils n'entendent point. Je crains que vous n'ayez de ces gens là pour amis. Vous avez fait une Comédie en Vaudevilles pour un genre de Spectacle qui ne demande que la risée boufonne & plagiere , dont la critique est la premiere Divinité : J'entens critique par la censure ouverte qu'elle fait la plupart du tems , & vous vous avisez de parler raison dans une Piéce simple , presque sans intrigue , qui se dévelope à la fin par une décision aussi naïve que raisonnable. Je ne dis pas que vos Vaudevilles ne soient séans ; mais vous vous

ſervez pour faire rire des termes
de l'Art des gens que vous re-
préſentez ; & ſi l'eſprit de vos
auditeurs n'eſt pas diſpoſé à rire
par bricole de réflexion , j'ai
bien peur que vous ne ſoyez
réduit à l'oubli.

S O N N E T.

L'Auditeur a ſes droits , & le Poëte les
  ſiens ,
Le premier veut du bon pour donner ſon
  ſuffrage ,
Le ſecond prétend plaire avec un vil ouvrage ,
Et veut forcer le monde à rire de ſes riens.

Pareil à Quinpezé que l'on vit à la Foire ,
Animal ſingulier autant que curieux ,
Il veut paroître mort avec autant de gloire
Qu'il avoit de vertu quand il étoit nerveux.

Sa nouveauté nous plût , & point ſes
  gentilleſſes.
Le public en cohorte accourt pendant trois
  mois ,

Se débat pour entrer & voir l'homme de
   Bois ;
Il en est tout ainsi des superbes yvresses
Que ces grands Ecrivains produisent à
   présent ;
Venez & censurez, n'importe ; de l'argent !

Voilà la solution de leur imagination. Loin de vous de pareils sentimens ; prendrez-vous pour cette Piéce le tiers en sus ; cela donne encore beaucoup de vogue à la réputation. Quoique la voiture d'un Fiacre ou d'une Remise soit égale, le dernier fait plus d'honneur ; & une simple course coute la journée. Une Loge retenue toute entiere pour deux personnes, fait distinguer les amateurs de la nouveauté. Pour moi, je suis comme les vrais Gourmets, j'attens la saison de tout. Ce n'est pour cela que je refuse de vous aller en-

A iiij

tendre ; mais qu'il vous fouvien-
ne que dans votre derniere Lettre, vous m'avez marqué (par
apoftille de précaution) hâtez-
vous de venir ; car je tremble de
mourir en naiffant. Je vous rens
juftice : Je fçais que cette petite
production d'efprit n'eft qu'un
acheminement pour paroître
dans le monde. Je vous crois
trop de prudence pour vous
enorgueillir d'un ouvrage auffi
fuccint , quoique dans la baga-
telle on diftingue l'efprit ; éver-
tuez-vous pour tâcher de méri-
ter des fuffrages & des louan-
ges raifonnables.

FABLE.

LE LIERRE ET LE CHESNE,

D Ans la Forêt de Tempé
Il pouffa jadis un Chêne,
Un Lierre s'y vit attrapé
En naiffant prefque fans gêne.
Plus il vieillit,
Et plus il fuit
De fon Mentor la trace,
Qui tend par grace
Ses branches pour fon effort.
Il apperçoit fon Polipode
Venant de l'Antipode
Il veut entourer fon tréfor.
Maître Chêne lui dit, que fais-tu témé-
raire ?
Je t'aide à ta naiffance,
Et par intempérance
Tu veux lier ma vertu la plus chere.
Je t'abandonne ingrat, vîte deffeche-
toi,
Que l'ormeau foit ta pâture
Sers aux maux de nourriture,
Ne te vante jamais de moi.

Ne faites point, comme ce Lierre en naiſſant, ſuivez le ſentier qui vous eſt ouvert, ſans vous embarraſſer dans les labyrinthes, que de faux amis vous ſuggéreront. Vous penſez aſſez juſte pour ne ſuivre que les ſentimens de la raiſon. Tout ce qui vous paroîtra clair, le ſera aux yeux & aux oreilles du Public. Evitez ſur-tout l'amphibologie, & donnez plûtôt accidentelement dans le pléonaſme ; car tout le monde entend ce que veut dire une bougie & une chandelle. Qu'une trop grande lumiere ne vous réduiſe pas à l'éteincelle. Il eſt beau d'écrire, mais intelligiblement. Nos penſées ne peuvent avoir trop de clarté. Retracez-vous Moliere à ſa ſervante, & Virgile à Auguſte. Adorateur de l'Epigramme, modulez-vous ſur Martial

& Buchanan. Lifez & relifez bien les Poëtes. L'art en tout eft facile ; notre langue eft maintenant affez riche pour clarifier l'expreffion , rendez - vous ami des grands Maîtres , & vous réuffirez ; fur - tout que la trop grande critique n'aviliffe point votre diction ; car on ne dit plus maintenant

J'appelle un chat un chat , & Rolet un Fripon.

Comme les refrins des Vaudevilles font hors d'ufage par la fage conduite du Correcteur de l'Obenité ; il eft tant de termes d'art qui n'ont point encore été employés , des comparaifons non clochantes, des fictions inconnues , des tableaux non-finis , un ftile Eclogique ; le tout bien placé , vous plairez aux gens de bon fens dont la Ville de Paris abonde. Je vous def-

fends fur-tout la converfation
dans les Caffés ; car c'eft-là où
vous vous perdrez, & où

Un Avocat railleur paroît Panégyrifte,
Le nouveau libertin y devient Cafuifte,
Un fat bien galonné y vante fes ayeux,
Qu'il feroit (s'il ofoit) venir même des
    Dieux.
Un Narrateur, Gauffeur, débite une nou-
    velle
Que l'on n'auroit pas dit du tems de la Pu-
    celle.
Le Géométre brille avec fécurité,
Le gafcon vife à l'heure avec grande aprêté.
La Gazette eft fur jeu, on parle du Pan-
    doure
Que le Héros Saxon nourrit avec fa boure.
Un Ouvrage d'efprit a fon fort prononcé
Avant que fon Auteur même l'ait annoncé.
On y, parle de tout ; en ce lieu rien n'é-
    chappe,
Le moindre événement. Tubleu comme on
    le fappe !

Fuyez donc ces vains amu-
femens ; apprenez & fçachez ju-
ger de tout par vous-même.

J'oubliois de vous parler de
ce Monfieur *Général*, que vous
faites paroître dans votre Piéce, & que votre Capricieufe re-
connoît pour *Adepte*. Prenez
garde, mon cher ami (felon les
paroles du Docteur Swits) que
la colonne bigarré n'entende
point ce mot, quoiqu'il fignifie
Soffleur, chercheur de Pierre
Philofophale, faifeur d'or. Le
Public ordinaire n'eft pas obligé
de connoître la fignification de
ce mot precieux. Je fouhaitte
que ce foit la Scéne de votre
Piéce qui foit la plus goûtée. Le
Public y mettra le toft qu'il lui
plaira. Adieu, bonfoir, je fou-
haite que cette Lettre lui donne un heure favorable, qu'elle
ait trois bonnes repréfentations,

& qu'elle foit bien fçue, bien
annoncée, bien affichée, &
bien imprimée, avec Approbation.

Je fuis, Monfieur, votre
Ami, &c.

Lû & approuvé, ce 23. Août 1742.
CREBILLON.

*Vû l'Approbation du fieur Crébillon,
permis d'imprimer. A Paris, ce 23.
Août 1742.* MARVILLE.

*Regiftré fur le Livre de la Commu-
nauté des Libraires & Imprimeurs de
Paris, Nº 2173. conformément aux
Reglemens, & notamment a l'Arrêt de
la Cour du Parlement du 3. Décembre
1705. A Paris, ce 29. Août 1742.*